文芸社セレクション

いき
~こきゅうのうた~

さむ けい
Sam K

文芸社

目　次

わらしのうた………………………………………… 7

じべたのうた………………………………………… 93

ことばは　こえ
みみたぶに　ひびき
いろで　あったり　においで　あったり
しぐさに　ときめいて
もじの　すがた　かたちが
なまなましく
にちじょうに　めぐって

わらしのうた

ゆうひさん
いますこし
まってて　ちょうだい
はねたり
ころんだり
おひさまと
まだみてない　のっぱらで

あそぼうよ
おいらしか　いないけど
みんな
いっちゃった
いいでしょう

うんこ　ふんじゃった
だれ　おとしたの
たべないよね
よごしちゃ　だめでしょ
おはな　かわいそう
おしっこしたい
ここじゃだめ

ころがったら
せなかに
こえだ　ささった
うちに　かえらなきゃ
あそんで　いたいのに

いちじくから
あまい　かおりがして
もいで　たべました
なのはな
とっても　きれいで
つんで　ぷれぜんと　しました
おもしろかった

かれちゃった
ごみばこに　すてたら
かあさんに
しかられた
くさる　まえに
かえすん　でしょう
みんな　そうしてるよ

かわに
ながすん　ですって
はたけに
つれていくん　ですって
もりに
かえすん　ですって
わかんないよ

じいちゃんの　ほね
おはかに　しまったよ
とんぼさんは
どうするの
からすさんは
おはかの　おかし　たべてたよ
ふしぎだな

ゆうひさん
いってらっしゃい
あさひさん
おかえり
そっち
くらくなった

おっぱいちょうだい
ねだったら
ごはん
たべなさいって
おなか　すいてないよ
すって　たいんだ

「ただいま」しちゃ
いけないの
もう
「おにいちゃんなの」
おっぱいさん

おほしさま　きれい
おそら　みえないよ
かあさん　こわいよ
おいら
どっちに　たってるの

はやく　かえろう
かけっこしよう

きかんしゃ　みてたら
ばんごはん
わすれちゃった
はしって　かえったけど
「こらっ」て
とうさんが
みちくさ　だめよって
かあさん
たのしかったのに

どてから
あかい　はし　みたい
まっすぐ
かえならきゃ　だめって
みんなと　はぐれて
ひとりで　いった
かえったら
おやつ　なかった

ゆうやけ
みてないよ
ちょうちょ
とったよ
とんでか ないよ
ねぇ
おしえて
どうして
とばないの
かえって
いいんだよ

ねこじゃらしが
ゆらゆら　たってる
かえるが
ゆらゆら　およいでる
はとが
ゆらゆら　あるいてる
おおきな　とりが
ゆらゆら　とんでる

きのう
せみさんたちが
しんじゃった
むしかごに
いれて　おいたのに

とりかご
かぜで　ゆれたよ
がくぶち
じしんで　ゆれたよ
ぼくも　ゆれて
おへやが
ゆらいで　みえる

うれしいなぁ
おひさま
きらきら　やってきた
こけしも
かびんも
ゆらゆら　わらってる

しがらみって
なあに
ここから
でちゃ　いけないの
まもって
もらってる　わけ
あさごはん
うまかったね
ゆうごはん
かれーが　いいかな

せんそうって
なあに
みさいる　とんでたよ
がっこう
けむりで　みえなくなって
みんな　にげて
へいたいさん
せんしゃから
てをふってたよ
どっちが　かったの

すまほって
なあに
げーむしちゃ　だめなの
べんきょうって
がっこう　いきたくないな
こうえんで　あそぼうよ
ともだちと
おはなや　むしさんと
おはなし　できるよ
せんせいに　めーるする　からね

にわとりさんの　あたまが
たくさん　たくさん　ふってきて
こどもや　おとなの　かおが
たくさん　たくさん　ころがって
こわい　こわい
てれびの　なかで　とんじゃった

まっかな　はだした
はだかが　ひとりぽっち
まっくろ　こげの
はだかが　なみだ　ながして
いたい　いたい
えの　なかで
いき　してないけど　ひかってる

はたを　ふって　あつまった
ひとたちが
りずむに　のって　さけんで
でんせんに　ならんだ
とりたちが
いきを　きらして　なきあって
くるしい　くるしい
こえの　なかから　とんできた

あさやけの　くうきに　ゆれて
ちゅうりっぷさんが　きす　したみたい
こわかった　のかな
とっても　うれしかった　のかな

「いきたくないよ」
「しぬひを　またされてる」
べっどで　ねたままの
おじいちゃんが　ちっちゃな　こえで

「しにたいね」
「いきてるほか　ないね」
くるまいすに　すわったままの
おばあちゃんが　わらいながら

おとしよりが
いっぱいいる　いえだった
ぼくは　どこに　きたのかな
かえりの　あいさつ
わすれちゃった

「のこったのは　しぬこと」
「こよいも　いきしてる　しんでないの」
おねぇちゃんが
といれで　くるしがって
ここ　うちだよ
きゅうきゅうしゃ　よぶ

じぶんが いぶつなの
おぶつ でしょうか
しんりゃくしゃ でしょうか
かなしい のでしょうか
じぶんで しまつ するのね
こどうを とめる てつづき
このみが まきぞいに なりました
いきを とめる
むごんを のこす
このみが てだすけ してくれました

どこかに のぞみが あるの
どこかに とんじゃったの
ぼくは
ここにいる はずだけど

ねつがでた
つらい
ひやして ちょうだい
からだ うごかせないよ
きもち わるく なっちゃった
くすりを のんだ
ねつ さがった
あそびたい
やすんでないと いけないの
あした げんきに なるの
ずっと だめなの
やだよ

くすりって
だれかが つくったん でしょう
どんな ききめが あるんだろうね
ねつと つきあいたく なかったよ
また いつ ねつ でるの
そしたら どうしよう
あそべなくなるよ
だれも
くすり もってきて くれなかったら
たべもの みただけで はきそうになって
のうみそ くるっちゃったの

たのしかった　ゆうえんち
おもい　だせなかったり
そこまで　いった　ばすが　あって
そこから　かえる　やじるしが　みえて
いま　ねつを　だしている　ぼくは
べっどに　のっかってる　だけ

びょういんに　いったら
いんふるえんざ　だって
くすりの　のみかたとか
がっこう　やすむとか
あさばん　ひえるからとか
なんだかんだ　じじょうが　あるの
こっちだ　あっちだと
わけられたり　くっつけられたり
そこに　ぼく　いるわけ
おいしゃさんと　はなしてないよ
ねつが　しーつに　しみて　きてるよ
あそび　たいんだ

わくちん　うって　おけばいい
ぼくの　からだが　がくしゅうする わけ
いでんしに　なるかな
なれなかったら
しゃかいの　しくみに　つなぐの
べんりかもね
がっこうや　おやの　すけじゅーるに
あわせる　わけか
ぼくの　りずむに　とりついて　くるよ
なかよく　すれば　いいわけ
そうなれなかったら　しんじゃうの
いやなら　おまかせするの
けいさん　まちがいして
だめに　なっちゃわない
いやなやつの　かっこいいやつの　かおに
まーくが　いんさつ　されてるね
わかりやすく　なったけど
おいだしたく　なったり
おいかけたく　なったりするよ
みんなで　するの
そんな　まちなの
ぼくが　やったこと　だけど

かあさんも　ぺっとのねこも　たいようも
いなくなるん　ですって
まいにち　かわるって
とけいは　まいにち
おなじすうじを　くりかえしてるよ
おなか　すいたと　かんじるときは
いつも　おなじ　じゃないよ
おやつ　もって　きてたらなあ
こんびに　いこうか
かっぷすーぷ　つくるなら
さきに　みずに　さわったよ
ぽっとに　あわが
うかんで　うかんで　ぶくぶく
こわれて　こわれて　ぶくぶく
そのねいろ　おもしろそう
あそぼうよ

つばめさん
おかえり
きょねん
うまれて
たびして
きたんだね

まぶしいな
おひさまが
つばめの　はねと
じゃれてるよ
ひかりに
のってる　みたいな

おかあさんは
おとうさんは
おとな　なんだね
さびしくないの
すを　つくって
たまご　うんだ

さくらの　はな
おうちに　かえっちゃった
さるすべりの　はな
あそびに　きたよ

つばめさん
もうちょっと
いてくれる
あついの　にがて
ひなたぼっこ
してみたいな

おいら
えいえんに いきてる としたら
おや いなかった かもね
こども うまなくて すむね

どんどん
つづけて うんでいたら
ちきゅうは どうなるの
みんな
からだ つくりかえて
うちゅうに
とんで いくんだろう

ずっと
おいらで いられるの
ずっと
いきして いられるの

ゆめ みなくて すむよね
きおく しなくて いいよね

ぎんがより ながいきして
おいらが つぎからつぎに うまれて
だれかと はなさ なくても
なんかを たべ なくても

ゆめの
はなし したいな
こんや
ゆめ みようっと

おれ
あいつの いいかたが きらい
ぜんぶ しらないけど
ときどき
そばにいると はんぱつして
はねのけたく なるんだ
これって
きらいと ちがうよね

おれ
あのこが　すき
しのうかなって　いうんだ
やめろ　なんて　いえないよ
おれ
いいやつ　じゃないんだ
いっしょに　いたいのと
しんじゃだめ
ちがうよね

おれの　せいだって
こわしに　きたら　ていこう　するよ
せめてる　わけじゃないさ
どこが　すきか
いえないん　だからね

はとが
こうえんにきて　あるき　まわってる
じめんを　つついて　なんか　たべてる
いつも　そうなの
けんか　しないの
あそんで　いるの
おれも
ここから　でて　いこうっと
じべたに
うずくまって
たてなくなる　まえに

まいあさ
おばあちゃんは　ゆを　わかして
ぼくに　こーひー　もってくる
ちがう　なまえで　よぶんだよ
にがくて　いやだから
さとうと　みるく　たくさん　いれて
けさなんか　ゆげに　さわって
「あっち　つけっぱなしに　してっ」
ぼくを　しかるんだ
「ごめんって」　いえないから
「ひやせって」　いっちゃった

てを　あらい　はじめると
すうじを　かぞえている
くせなんだ
なんか　おちつくね
そうしてないと
わるいこと　おきちゃうかな
けさ
てのひらの　かわ　むけて
おどろいちゃった

すまほの　がぞう
よろこんで　ないなあ
そのこえ
かなしんで　ないなあ
ぼく　わかるよ
えーあい　びっくりして　ないもん

あさ　おきたときも
よる　ねるときも
ぼく　ぜろさい　だよ

かっぱちゃん
うみから
もどってきたの

いっしょに
およごう
さかなちゃんも
むしちゃんも
じょうずだよ
きらきら
ひかってるよ

たのしかった
おうちに
かえるね
また
あした

おひさま
どんどん　ふくらんで
おひさま
のんびり　ちぢんで
ぽっかり　ういて
めが　いたいよ
かわいいな

ままは
きっちんで
ぱぱは
しゃわーしてる
おかしいな
まいあさ
おんなじだよ
ごはん　たべなくちゃだめ

わかんないな
むしさん　こうえんに　うめちゃだめ
わかんないな
どうして　あさがくるの
きいちゃ　だめなの
わかんないな
どうして　おもうの

ただいま
くちぐせ　みたい
おひさま　いないよ
おつきさま　みえないね
あした　えんそくだ
ねむれ　ないよ
ふしぎだな

きょうりゅうさん
あんなに　おおきくなって
にんげんも
きょうだいに　なったの

こんぴゅーたーや　こぴー
はしに　どうろ
じどうしゃや　ふね
ひこうきに　うちゅうせんも　あるよ
がっこうや　しょっぴんぐもーる
はつでんしょに　そうでんせん
じょうすいじょうや　だむ
こうじょうに　はたけも　あるよ
ぜんぶ
ぼくの　からだの　そとだね
つながっていないと　いきられないの
にんげんだけ　かわれているの
ひとりぼっちに　なっちゃった
なんか　へんだよ
ぼく
ろぼっと　じゃないから
えーあいと　おともだちに　なれるよ
はだのない　けいさんき　だけどね

えも　もじも
どこでも　かけるよ
どこでも　うたえなく　なったりね
どこに　いても
わくわく　しなく　なっちゃった
「だいじょうぶ」だよ
じぶんで　あいに　いけるさ
ざわざわ　して
「いやだ」と
いっちゃうしね

みにとまと
まんまる　ぴちぴち
ぼく
みず　まいた　だけ
あさの　ひかり
おれんじいろ　してて
あまかった

とんぼ
こうび　してるよ
いけの　なかに
たまご　うまれたよ
つくった　のかな
ゆうひの　こだま
ゆかいそう
みどりいろの　あした
となりで
まってる　みたい

ぼくも
あめで
おおきく　なったんだ
おひさま
くさいね
おほしさま
はしゃいでるよ

おなか
いたいのは　だれ
つらい
かんじてるのは　だれ
ほうこく　してるのは
だれ

おいしゃさん
やさしく　はらを　なでてきた
めんぼう
はな　いたいよ
ちゅうしゃばり　こわい
おなかの　いたみ
わすれちゃった

おいしゃさんの　おはなし
まっしろで
におい　しないね
すっぱいかな
ぼくが
あんたを
しんさつ　してるんだ

てんじょうが　わらって
においが　ゆがんだ　みたい
ぴあのの　おとかな
あおじろくて
ふわふわ　ういて
てんじょうで　われちゃった

どろーん　ばくげきって
とっこうたいと
おなじだね
ぜろせん
きちょう　いるけど
むじん　でしょう

いやだよ
ぼく
ここに　いたいよ

すまほの　なかの
げーむや　あっぷろーども
むじんだね

ぼく
とこにいっちゃった
ひとりで
あそんでる　のかなあ

まどがらすの　むこうに
はるひの　はな
こだちの　えだが
ふんわり　うかんで
わらった　みたい
まどを　あけたら
さむい　かな
ぼく
えあこんの　したに
いるもん

ばらの　はなを
くわえて
からすが
ばた　ばた　ばたば　すうぃー
たべるのかな
かざるのかな

からすが
じめんを
ぴょん　ぴょん　ぴょ　すとーん
いちょうを
みあげた
おもしろそう

えーあいって
おりこうさん　だよね
だけど
じぶんのことは
いわないん　だって
せいりせいとん　してくれるけど
ひとつひとつの　じこくに
おもいを
よせない　わけね

ぼくって
おもい　なやみながら
ひとときに
ふりまわされて
おばかさんだよ
きこえてきたり　めに　はいったりする
おはなしって
よそごと　のよう
そっちに　でかけたら
ぼくが
よそもの　みたい

でもね
どっちにも
ぼくは　いるし
いきてるものたちの
こえがする

そらを
みあげて　いたら
ころん　じゃった
あるき　だしたからね

いきが　とまったまま
じべたに　てをついた
みあげる　ように
いきしたら
くもが　ながれている

じゅんかん　してるのかな
そうじゃないの
じゅんかんを
とまる　ようにしたのは
おれだぜ

じぶんの　かってで
いきを
すったり　とめたり
とくいげに
のっぱらで
おもしろ　がったり
こけたのは
おれだけ
くもも　みぞも
とっくに　すがたを　かえて

たのしくて
たのしくて
ふあんで
ふあんで
こわい
こわい

はだかんぼうの
きみとぼく
じゃれて
はずんで
おたがいの　ところへ
ひきはなされて

こわくて
ふあんで
たのしくて
また　あって
さくやを
わすれて

ゆかいで　ゆかいで
つらくて　つらくて

むなしくなって　むなしい

ひと　しずく
そらより　たれた　つゆ
それ　ぼくです
ひと　けむり
ろじより　のぼる　ゆげ
それ　ぼくです

むなしくて
つらくて
ゆかいで
また　ゆれて
あしたを
わすれて

かわりものね
あんた　いうけれど
おいら
ふつうだよ

みんな
そう　してるとか
だれでも
そう　おもうとか
あんた　じしん
みんなで
だれか　なのね

おはなしに　ならない
わけじゃないから　いいけど
おいらの　ふるまいは
あんたと　ちがうこと
きづいて　ますよ
かんじてる　じぶんを
あんたに
みせたの　ですから
きぶんを　がいしたのなら
おいらたち
みんなでも

だれかでも
ないでしょう

あんたの　ふつう
どう　してるのかな
かくれんぼ　して
いきを　とめてるの

おいらの　ふつう
ずっと　このなかなの
かわいそうだよ
まどを　あけましょう

はじめまして
おはなし
きかせて　ください

おいら
あせふきで　いそがしい

ごまかしを　まなんだ　あとの
なんと　はだみの　つゆに
おもみが　ないこと
ごまかしを　まなばずに　いたら
とてつもなく　みのこなしの
つやが　いぶつだと
どちらも
しいられて　いたり
あたりの　ふんいき　だったり
ふわふわ　ながれても
どうめい　でなく
ごつごつ　ぶつかっても
とうめい　でした

おいらの　しゃめは
きおくされない　きろくそうさ　でしょう
わすれられる　はだざわりは　なく
ふりむかれる　じぶんの　かおも　いない
ほぞんされた　でーたでした
あせかく　いまを　けずって
わすれるのは

こせいの　たいしゅうだ
きおくのゆげが　まってる　だろうよ

ここを　おされて　いたい
こっちに　いたら　あぶない
そこで　ないて　いて
そっちへ　おおごえ　はりあげて
あのとき　たのしんで　いたと
きおくは
おいらの　そぼに　しずくを　ぬって
びっくり　させて　くれました

おいら
あせ　ふかないぜ

きみの　しぐさ
ぼくの　しぐさ
まったく　おなじに　ならないし
まったく　べつにも　なれないね

きみを　かんじている　ぼく
ぼくを　かんじている　きみ
いっしょに　ならないから
ふたりで
ここに　いっしょに　いるよ

ぼくと　あいたい　きみがいて
きみと　あいたい　ぼくがいて
べつべつに　ならないから
ふたりは
ここに　べつべつに　こられたでしょ

たいむましーんに　のって
ぼくは
いまに　いってみたい
そしたら
いつまでも　かつての　いまに
もどり　つづける　のですか
それとも
いつまでも　いつかの　いまに
むかい　つづける　のですか
そうじゃないね
このいまに
かえり　つづけて　いるんだ
ぼく
ちっとも　まえに出てないし
すこしも　ふりかえられない
ずっと
いったり　きたり
ぐるぐる　まわったまま

となりにいる　あんたへ
のどもとが　ふるえない　ことば
がめんに　うつして　どうなるの
がめんは　もういま　じゃなくて
ただ　そうなの

かおを　あらって
かがみを　みたら
はだかんぼうの　ぼくが
たっています
ひだりてを　あげてみる
みぎてを　あげてみる
ひだりめを　とじてみる
みぎめを　とじてみる
ぼくを　みつめている　かがみに
うつって　います
おたがい　はんたい　はんたいだね
こんな　いまに
ぐるぐる　まわりつづけて

「このせかいは」
きこえて　きた
ぼくは　どこに　いるの
きみは　どこ

「このいちの」
きこえて　きた
ぼくしか　いないの
きみは　どうしてる

このからだの
おせわが　できなくて
さりゆく　けしきを
みつめ　ちゃった

このからだと
いっしょに　いられなくて
さりゆく　じぶんが
みつめられて

となりの　かわに
あそびに　いけなくて
にじんだ　みなもを
みおくって

となりの　もりに
あるいて　いけなくて
かれた　かぜに
みおくられて

ひざしで　やけこげた　つぼみ
ぼくも　きみも
がいろじゅに　ほほよせられて
てれている

ぼくは　まだ
てのひらを　むけていない
きみは　もう
はなうた　してるのかな

こんびにに
おにぎりも　ぱんも
なかったら　どうしよう
「せんそうがおきた」
てれびから　きこえた
こんびにに
たべものが　なくなる　のだろう

すまほの
えいぞうや　ぶんしょうは
うそか　ほんとか
「ぷろぱがんだ　ふぇいく　ぶきになった」
てれびから　きこえた
すまほは
いらなくなる　のだろう

どこから　やってきた　たべもので
そこでは　みんな　どんな　すがたで
あたりまえに　くちに　いれて
いつものように　がめんに　ふれてたら
きこえた　おはなし
このくちも　おなじで　ちがう
このゆびは　ちがって　おなじ

こんびにも　すまほも
なくなったら
おいら
どうするのかな
おにぎりにも
じょうほうの　かたちがあって
えいぞうは
たべもの　みたいに
おいらの　えいようになって
しんじゃう　かな
たたかっちゃう　のかな
たべものが
うまれる　ところへ
あいに　いって
おはなし　するのかな
おいら
へたくそでも
おてつだい　したい

けいこくの　つりばしから
ながめる　やまざくら
がいろじゅで　たちどまり
みあげた　きいろい　いちょう
ごみおきばに　ならべられた
ふくろの　せいれつ
ぷらっとふぉーむで　いきかう
ひととでんしゃの　たいみんぐ
ぜっけいだ
かんどう　しています
ぼくは
けしきを　せんべつ　したの

かわに　すわりこんだ
きょだいな　だむ
うみと　こすれあう
むすうの　てとらぽっと
そばには
まちなみが　つづき
「だいじょうぶさ」
おもいこんで　いられます
なにもない　ときと
つくった　あとで
くずれた　ときの　まきぞいは

どうなのかな

かんどう　しているのは
だれも　いませんか
げきりゅうの　ごうおん
ひかりを　さえぎる　つなみ
なみの　うめきの　いろいろが
かんどう　なのでしょう
ぼくは
おそろしくて　うごきません

うしさん　たちが
いい　においのする　おおきな　へやに
ならんで　いるよ
ひかる　せんさーが　だまっている

たくさんの　いなほが
きれいに　はいちされた　たんぼに
ならんで　いるよ
ひかる　せんさーが　じっとしている

いろとりどりの　はなが
くうちょうの　きいた　おんしつに
ならんで　いるよ
ひかる　せんさーが　みつめている

おとなりさんが
いない　みたい
すきまが　ないみたい
ずれちゃ　こまるの

みつばちさんは
あそびに　こられないかな
かえるさんは

およいじゃ　だめなの
はえさんは
すわっちゃ　おじゃまなわけ

みんな
おはなし　できないんだ
だけどね
みんな
かぜの　かおりに
てれてる　みたい

おそらが
うたい　だして　います
おがわが　わらって
はぜが　おどって
いつもの　のっぱらが
はなやいで　います

はだかんぼうで
きみと　しゅるしゅる　していたい
べんりな　せん　なんかで　つながれなくても
そこで　なみうつ　ぬかるみを
およいで　わたりたい

だれにも　つたわらない
いいんだよ
きみの　はなしている　すがたが
つたわって　きても
そんな　できごとに
ぼくの　くうそうも　もうそうも
ゆさぶられたり　しないんだ
でも　ふたりで　はなしている

だれかのいう　せけんが　きこえて
いえの　なかで
こうていの　べんちで
こうえんの　ぶらんこで
つたわらないと　ひとりぼっちなの
みしらぬ　そぶりが　たばに　なって
こうげき　しはじめた
ぼくの　なかの　はなし　なんだな
たにんって　ぐうぞうの　たばで

どこかで おそわった わくぐみ なんだ

となりにいる ぼくと
そのまえに はだかる ぼくと
うしろに たつ ぼくと
そこらに ねそべった ぼくと
はなしなんか できないな
いっぱい いっぱいの
ぱらしゅーとが うかんで
ひとつひとつに ぶらさがった あたまが
ふってきたり しないよ
すわったり たったり ぼく あるいてるぜ

このからだに うかんだ かんしょくは
きみとも ねっとの なかまうちとも ちがう
うきうきして じべたを たっぷ しているよ
みんなが とりまいて いて
そのそばに きみが いたり
うまれるまえも うまれたさきでも ゆめみて
じぶんを ないものに むりだな

あいつに いけないこと しちゃった
「くるしくて たまらない」
なのに やった おいらがいて
きょうの おいらがいる
あっちでも こっちでも
うろうろして どこに すわったの
といれに いけなくて
たべるの つらくて
ゆめ こわくて さめて にげまどう
じゃ あいつは ねられて いるの
あのときから でてこない

おいら へやの ゆかに ういたり
みおろす こうえんに うもれたり
ならべられたの ながめられてるの
どっちでも どっちでもなくて
だれが ひとりぼっち
すねた おいらの ひとりごと
あいつは うごかずに いるの
とっくに あのときを とびこえて
おいらだけ いまという かこの なか

ぷかぷか うかんだ しゃぼんだま
つぶして わらい

ちの　したたる　かおりを　ふんで
おいら　どこにもいて　どこにもいない
きえた　あぶくが　すべて　かたまって
おいらを　こうげきしても　ころせないぜ
あわのなかに　だれも　いない

じべたに　うかんだ
さんちょうを　みあげたら
ふもとに　だれも　いなくなった
やまは　どこに　すわっている
おいら　どこを　さすらっている

あるけなくて　でられない
じわれに　さいた　たんぽぽ
はに　つゆが　ふいて
わたって　きたんだね
うらやましくて　たまらない
おいら　こなごなだけど　わすれられずに
じべたを　すあしで　かけよう

もとでが　ないと
なんも　できないわけ
あたい　うまれるまえから
なんも　もってないよ
はだかで　でて　きたんだ

かえるさん
ひとりひとりで　すめなくなったら
こんびにで
すまほ　しはらい　できなくなって
がめんに　なにも　うつってないね

どこかに　もとでが　つめこまれ
どこかの　もとでが　えらそうに
だれでも　てに　できるように　したくて
みんなで　うみだしてると　かんじたくて
あたい　まいにち　そうしてるよ
かえるさんに　「おはよう」って

なんで ころしあうの
あらそうだけで いいでしょ
なんで えばって いたいの
おもわれて いれば いいでしょ
いろんな じぶんが いて
ごちゃごちゃ
わざわざ かきまわさない なら
あたいも なかまに いれてくれる

けさ
みつばちさんが はなびらの なかを
あっちへ こっちへ
あめで ぬれて いました
かさを わすれたの
あたいも びっしょり

こうさてん　までの
ほそくて　みじかい　どうろに
ひが　のびて
さるすべりの
ひらき　はじめた　はなが
うるんでる　みたいに
「ただいま」
ぼくの　りょううでが
うくように　ひらいて
「おかえり」

ことしも　さいて
らいねんの
きょねんの
はなでは　ありませんよ
「あいたい」わけ
「あえた」のです

とおりすがる
ぼくの　すがたは
ひを　おびて
「いってきます」
あめあがりの
ほどうの　ゆげは
ひを　みあげて
「いってらっしゃい」

ふぞろいで
みみざわりな
ぼくらの　といきが
おそらへ　うかぶ
しゃぼんだまの　なきごえ
かわいいな

いつも　ぎらぎら　してたら
ねむれないよ
いつも　しんだふり　してたら
めが　さめないぜ

ざわざわ　いそがしく　うでをふって
ほうられる　ときの　しずくは　そわそわ
そのままで　じぶんだろ

けしたい　おわらせたいと　ねがう
たどりつきたい　はじまりたいと　ねがう
そんざいの　しょうめいしょ
どこかに　ありますか
いつも　まとまって　いたら
たいくつだね
いつも　せを　むけていたら
あきて　しまうだろ

もりでは
いきものたちと　じょうきの　めろでぃが
みあげれば
ひかりたちと　くもの　だんすが
みなもの　かぐわす　きらきらする　ひだ
のびては　ちぢむ　なみの　ほうこう

ひとひら　ひとひらの　おいらが
ふぞろいに　どきどきして
はっこう　したぜ
これで　じぶん
かぜの　おった　すうすうする　けむりに
「またおいで」
ゆかいだな

ゆうひを　だいて
まふゆの　きはだが　みどりに　うれて
ひとみが　かがやき　ました

いのちって　せいと　しを
はぐくんで　いるのですね
おいらは　ときどきに　あわせて
どちらかを　かたれます
せいと　しの　あいだに
きょうかいせん　ないぜ

いなく　なってよ
きえて　しまいたいな
らくに　なりたいの
こきゅうを　さく　なぎから
「つらい」と　つたわって　きますね
いつのまにか　あめが
とうめいに　なっていました

いまここに
あふれだす　できごとを
こわしたい　わけじゃ　ないぜ
つかれたよ　あきちゃったよ
つきそう　ことから
かいほうされたい　だけなの

すがたを　かえゆく　なまみが
せかいに　ときを　まきちらし

ちかよったり　にげだしたり
はねて　ころんで　いそがしいのは
おいら

たのしく　ないなあ
どきどき　しないぜ
おくすりは　きぼうと　ぜつぼうの
せんを　ひけますか
おしよせる　ひとの
くちと　めと　せなかの　むれ
そっとして　おいて　くれるかい
ここに　いますから

あのよだ　じごくだ　てんごくだ
いなくなって　まで
ろまんすと　つきあいたく　ないな
このじかんを　こえているのは
おいらじゃ　ありえませんぜ
わくわく　してきたよ

おいら
れあめたるや　こいんの
げんふうけいを　においに
しらせて　もらってよ
だいちを　てらす　おおぞらにも
だいちを　つたう　おがわにも
だいちを　なでる　おおうなばらにも
ふれたく　なるぜ

うまく　かこいこんだって
すりぬけて　いるのは
ぜんたい　みたい
かってほうだい　やっても
かすんで　ゆくのは
こじん　みたい
どっちも　かたることが
こわく　なったんだ

じぶんが　もってるもので
なんでも　これだけ　こうかんして
つかい　はたすの
もとに　もどせるわけ
みんなで　げんやに　でかけて
なにを　こさえたの

あめに　わけられるわけ
「てにして　なじんで　おかえしする」
だいちに　そうぞうされる　いとまと
おいら　ふれて　いられますけど

しんだ　にちじは　かくてい　されて
とおざかる　かこに　なるようだ
しんだものの　じかんは　みらいへ
おいらから　とおざかって　いくぜ
うちゅうの　ちきゅうの　そこのもりの
ここのむらの　しんか　みたい

おいら
めたぶぁーすや　めっせーじの
げんふうけいを　いろに
しらせて　もらってよ
だいちに　ふりそそぐ　ぬくさにも
だいちに　あふれる　すいてきにも
だいちに　きざまれる　なみまにも
あいさつ　したなって

しんでいるのは
なまみの　しらべ　です
そばに
ぼくは　いなくても　いいね

いきているのは
なまみの　いろけ　です
そばで
ぼくは　あそんで　いますよ

いきているから
しと　であわれて　います
しんでいるから
せいに　つたえて　います

きたぐにの
ほんの　わずかな　なつ
ちょうを　おいかけた　のはらで
いのちと　まみれて　いました

あきに　なると
なじみの　おばさんが
じてんしゃの　にだいから
こめぶくろを　おろすと
かいだんを　のぼって　きました
そのばんの　しょくたくには
とれたての　おこめの　しおむすびが
きれいに　ならんで　おりました
そんなけしきの　におう　むらに
ぼくは　うまれました

だいきんを　てわたして　いたと
ははが　なくなってから　しりました
おれいは　それだけだったの
あのおむすびは　うれしかった
おばさんは　あせを　たらし
いきを　きらして　いました
ほかに　おくるものが　あります

料金受取人払郵便

新宿局承認
2523

差出有効期間
2025年3月
31日まで
(切手不要)

郵 便 は が き

１６０-８７９１

１４１

東京都新宿区新宿1－10－1

(株)文芸社

愛読者カード係 行

ふりがな お名前		明治　大正 昭和　平成	年生　　歳
ふりがな ご住所	□□□-□□□□		性別 男・女
お電話 番　号	（書籍ご注文の際に必要です）	ご職業	
E-mail			

ご購読雑誌(複数可)	ご購読新聞
	新聞

最近読んでおもしろかった本や今後、とりあげてほしいテーマをお教えください。

ご自分の研究成果や経験、お考え等を出版してみたいというお気持ちはありますか。
ある　　　ない　　　内容・テーマ(　　　　　　　　　　　　　　　　　　　　　　　　　)

現在完成した作品をお持ちですか。
ある　　　ない　　　ジャンル・原稿量(　　　　　　　　　　　　　　　　　　　　　　　　)

書　名							
お買上書店	都道府県	市区郡	書店名				書店
			ご購入日	年		月	日

本書をどこでお知りになりましたか?
1. 書店店頭　2. 知人にすすめられて　3. インターネット(サイト名　　　　　　)
4. DMハガキ　5. 広告、記事を見て(新聞、雑誌名　　　　　　　　　　　　　　)

上の質問に関連して、ご購入の決め手となったのは?
1. タイトル　2. 著者　3. 内容　4. カバーデザイン　5. 帯
その他ご自由にお書きください。
(　　　　　　　　　　　　　　　　　　　　　　　　　　　　　　　　　　　)

本書についてのご意見、ご感想をお聞かせください。
①内容について

②カバー、タイトル、帯について

弊社Webサイトからもご意見、ご感想をお寄せいただけます。

ご協力ありがとうございました。
※お寄せいただいたご意見、ご感想は新聞広告等で匿名にて使わせていただくことがあります。
※お客様の個人情報は、小社からの連絡のみに使用します。社外に提供することは一切ありません。

■書籍のご注文は、お近くの書店または、ブックサービス(📞0120-29-9625)、
セブンネットショッピング(http://7net.omni7.jp/)にお申し込み下さい。

「おまえ　だいじょうぶかよ」
「なんで　ここに　いるわけ」

ぼくの　しぐさのこと　ですか
ここに　そんざいすること　ですか
あんたらの　おたけびは
せんしゃの　ほうだんの　ように
けしきの　いきしている　せかいに
しんこうしたい　のですね
せんしゃの　そとで　べんとうばこを
ひらけずにいる　くらしの　わきで
ぼくは　しおむすびを　たのしめないぜ

はるかぜが　はだを　なではじめ
なえの　したくをする　むらびとの
ほほが　にわかに　かがやき　ました
ちゃのみばなしに　まぜてね
おたまじゃくしが　およぎ
かえるの　がっしょうで　めが　さめて
「ありがとう」と　めをだす　けさが
ていれを　うつす　まどべに　つたう
あせと　なっていますよ

みずたまりを
とんぼが おしりで たたいて
あそんで います
みかんいろに そまった くうきに
るりいろが はねて
きらめく はねおとが
むれた かぜの においを
はこんで きました

ぽぁーん ぽぁーん
こつん こつん
とんぼさんに
このみを たべて
もらって いました
「おいしいかい」
はなしかける まえに
めが さめました

ねがえる　なら
いま
ゆめは　かない　ました

あそぶって
いのってる　すがた　なのでしょう
つみと　じゃれてね

このゆびに
とんぼが　じっと　とまって
はねを　やすめて　います
はばたく　うしろすがたの　かげから
「たいじょうぶ」
あとで
おがわの　きしべへ
あそびに　いきますね

じべたのうた

かたり　だしています
そのこえは
おりじなる　なのです
もじは　なく
ふくしゃも　なく
いいつたえられた　ひびきが
あなたの　のどから
おどり　だしています

びょうきで
いきものが　しに
いたることは　ありません
たべることで
いきものが　しに
いたることは　ありません
あらそいで
いきものが　しに
いたることは　ありません
さいがいで
いきものが　しに
いたることは　ありません
すべての　いきものが
しす　ととのえをする
けいけんな　いとなみ　なのです

わたしは
じべたの すみに すわって
かたり はじめ ました
そらを みあげる こえ
これから
ちょいと となりへ
でかけて みます

しゃけが
いさぎよく ながれに さからって
おびれ せびれが さわがしい

うみぶどうが
かいすいに とけた ひの かぜに
ゆられて せのびして

しぬことを
わすれ たいわ
いきている じぶんを
わすれた のです
かおりを きく じぶんは
そこに おりました

てにした いのちが こぼれました
ひれや くきと じゃれる ときが
このてに にじんで きます

ひまわりの　きいろから
おれんじいろに　ちゃいろ
あかむらさきいろも
なぎを　つれて　かおって　きます
とつぜん　うでや　こしが
りずむを　きざみ　だして
ゆかい　でしょう

「あいしてる」
のどから　もじから
てのひらから　ゆびから
どれか　じゃない　ですね
ぜんしんが
のはらの　しらべに　とけて
あつくて　あつくて

へいわしか　なかった　むらでは
しあわせを　かんじられる　じこくが
だれにも　きづかれないように　なりました
せんそうしか　なかった　むらでは
しあわせを　こいねがう　じこくが
ひびかないように　なりました

あなたは
たいがんに います
わたしは
じぶんの いきを
あなたに おどりながら おくります
あなたの おどる いきが
はだを ゆさぶります
わたしたちは
りずむに ありのままを のせて
すっぴんの ふりつけで
あっています
おたがいに わからないけど
きそいたい わけでは ありません
おたがいに
たいがんに いれて
おちゃする じこくで
ついになれたと しんじている のです
そんな ふたつの むらの
こきゅうが おどっています

むらの　ひとりひとりは
えいちを　ちょっかん　しています
はこんでくる　たましいに　ふかれて
はなさく　せいしんを　なでて　います
きこりも　つりびとも　ぼくじんも
どうぐの　てざわりも　さとの　けしきも
いきが　ときの　つぶを　なした
いっしょうで　ありました

きおくが
からだの そとに とびだして
ぶったいの ように
わたしが ふれられたら
かこ ですか
みらいから おちたのですか
いまここで
このこうけいを きおくする わたしが
はなしかけて います

あさやけが
やけに ぬるまっこく かんじられて
むかし むかし
あしの おいしげる はらだった
てっきんこんくりーとで
そうびされた へやの まどごしに
ぼやけた まちなみを
のぞきこんでいる わたしは
ふりそそがれた
きおくの こうしの かがやきを
うかがって おります

いまを　たいかんしえない　きかんが
ひとの　つくった　きかいなら
このみは　ぼやけたままの
なにものかで　あります

きおくが
どんどん　こうけいを
あとに　していきます
ぶったいで　いられていた　わたしが
げんかんを　あけました
「いらっしゃい」と
えしゃくして
じぶんから　そとに　でかけた　のです
よあけまえに　ふった　あまつぶが
ろめんを　てらして　おりました

でっかい　そらが　みおろして　います

かぜの　まう　まわりから
いろとりどりの　こえが
きこえて　きます
はなしかけて　あげられない　わたしが
わらって　いるのです

このいまは
どうして　いるのでしょうか

ひの　そそぐ　あちこちから
おもいおもいの　すがたが
はいって　きます
ふれて　あげられない　わたしが
はしゃいで　いるのです

このいまは
ゆめのなか　なのでしょうか

このいま
なにも　きまって　おりませんと
なまみが　くるくるして　おります
そちらに　いったら　みえて　くるでしょう
このいま

なにも おこなって おりません
きもちが ゆらゆらして おります
そちらに いったら きこえて くるでしょう

このあたりを　このしたしみを　まもろうと
じどうてきに　はつどうする
ぼうぎょが あります
えねるぎーの　へんかんが　しょうじて

にんげんは
せんそうという　ひょうげんけいを
そうぞう　しました
おなじころ
へいわという　ひょうげんけいが
そうせいしたと　きづくのです
そのような　げんごを　つかい
わたしは　にちじょうを　くらしています

まちなかの　ぶんべんしつに
うぶごえが　ひびきました
たてものの　さきに
がれきが　じかいに　たえ
けむりが　こもって　ゆきます

むこうの　もりから
みさいるや　どろーんが　とんできて
こわれて　いきます
ちを　こえた　せかいから
がぞうや　ことばが　すけてきて
さすらって　います
となりの　うみから
なみや　くもが　おしよせて
まいごに　なっています
つぼみは　ひらくまえに
いけは　たまるまえに
かわは　ながれるまえに
ひとは　かんじるまえに
つぶされて
あらわれる　てまえと
あらわれた　ちょくごが
ぼんやり　もりを　うかがっています

うぶごえが
はっぱの　つゆを　なつかしむように
ようすいを　はき
このよの　くうきを　すいこみました
もうじき　ちちを　すいます
やがて　ぱんを　かじり
にくを　ほおばります
いぶつを　のみこみ　いぶつを　はく
こんなにも　きけんな　かけのできる
せいめいの　からだを
だいちは　じゅんびして　いたのです
もりに　いぶつは　にあいません
いつしか　なじんで
うぶごえの　かたみに　なりました
うるむ　まちなみを　ふみしめ
わたしは　ふんにょうを　しまつしながら
こうごうせいに　あこがれています

まいにち　このときどきに
おわっては　はじまって　ゆきます
このわたしは
あらわれたの　あらわれないの
ただ　なまみから　かおだす
しおり　なのでしょうか

ながれついた　この　ちで
ことばが　さいて
かぜにのって　わたって　ゆきます
うまれた　あの　ちに
たどりつくことも　あるでしょう
かいわが　いろあざやかに
あちらこちらで　うたい　だしました
ひかりたちが　つどって
これはこれは　にぎやかな　ことでしょう

のがれた　わたしも
たびした　あなたも
わたって　きたのです
「やりとげられた」
このいばしょを　あけわたします
きょうの
わたしは　まだここに

「しおりが　さった」
こわくて　ふるえて　しまうのです

けさの　わたしは
あらわれえない　こえと　いっしょに
ときの　しずくを　みおくりました
しおりを　みおくる　しずくが
はだかおる　かぜと　じゃれて　おります

まんしょんの　げんかんに
ちかづきかけた　ときです
ぽけっとのなかの　ていきけんが
すっと　てのひらに　すいついて　きました
てを　ぽけっとから　だすと　じどうどあに
さしだした　わたしが　おりました

こうえんの　といれに
いこうとした　ときです
じたくのかぎが　「おいで」とばかりに
ぽけっとへ　てを　つれて　いきました
てを　ぽけっとから　だすと
とびらの　てまえで
ひっこめた　わたしが　おりました

まっくらな　よあけまえの　ことです
からすたちの　おおごえの　きょうえんが
つつく　がらすに　さらわれて
なにもみえない　そらを　みあげ
べらんだの　まどを　あけずに　います

しらけはじめた　あさがたの　ことです
せきみたちの　おうせいに　かけあうこえが
ふるわす　がらすに　よびもどされて

ひの のびてくる まちを みおろしています
べらんだの かぎは とじたままで います

けさ そとに でようとしたら
ていきけんを てにして あるいていました
いつのまにか ひだりの ては
ぽけっとの かぎを にぎっていました
からすたちも せみたちも
でかけたようです

ゆったりおどる がいろじゅたちの ゆげが
ゆうひに よるを さそいこんで
わたしは なれない けしきに とまどい
ショッピングバッグを
ぶらぶら させています
ひの おわりかけた とき
とびらが ひらきました

はんせいき　すぎて　むかえた　あさ
あのいのちに
おかえりと　いえました
あのひ
あいに　きていたのです

でてきた
そのじこくが
めいにちに　なりました

さった
そのじこくが
たんじょうびに　なりました

いのちの　こえを　とどめたのです
つみか　ばつか
あなたが　きめるごとでは　ありません

うまれる　いきが
さりゆく　いきが
つどの　じこくに　ひびきます

いきている　いろは　あつい
なまえなど　はりつけて

このてを　ひやして　います

なまえで　よびかけて
いいですか
こんにちはと　でむかえる　ように
このてに　ひきとめない　ように
あいに　いきたいのです

どこへ　いくのだろう
まだ　わかりません
ただ　あるいて　います
たどりついたら
ひとやすみ　しましょう

このみから
かんかくが きえ うせ
わずかな
きんにくも うごかず
すきなように
いきを はけず

だいじょうぶです
ちゃんと
きこえて いますよ
わたしたち
ここに いますね

つい
さきほどまで
こわくて たまらなった のです
おもいを
かたちに しなくても
つたわって います

ひまわりが
ここに
やって　きました

はなを　　さかせ
たねを　　おとし
かぜに　　ただよい
つちに　　なでられ

めを
のばして
こんにちは

いつもの
じこくの　あさ
まだ　くらい　ままです
としが　あけると
また　あかるく　なるだろうと
おもって　います

きのうでも
あすでもない
まいあさ　まいあさ
ひは　とどまらず
ざわざわ　しています

ふわふわして
くらくなって
ゆらゆらして
あかるくなって
いまのところ
こきゅうは
やんでいない　ようです

このまちを
てらしている　あかりが
あたりを　やみに　していますか

このじぶんを
かがやかせている　きぼうが
わたしを
ひとりぼっちに　していますか

おもしろい
いきを　したままだったり
いきが　とまりつづけていたり
よあけの
きもちです

「すき」と いわれて
「どこが」と
「いいね」と いわれて
「なんで」と
「きいた かいすう」が
わたしじしんに なって

たねを
まきながら あるいていたら
あなに はまって
でられなく なりました
あなを
たよりに しはじめていたり

たくさんの あなが できました
くにや そしきの
すがたを していたり
すまほや さーびすの
かたちを していたり

そこに いでた すがたかたち
くらべるものが ありませんか
ひとつひとつ ということ
いつも くらべられていますか

おたがいに　ということ
いくつもの　ばめんに　とけては
ひとつの　わたしと　いいたくて

どこかに
かたよったり　かたよらせたり
しんじこんだり　しんじこませたり
くべつを　えらんだ　じぶんが
あらわれに　されて　いました

じぶんの　そとに　とびだす
げんどうの　みずからである　かいかん
じぶんや　あなたや　みしらぬものを
かこいこむ　げんどうの　ふかいかん

どこにも　ないから　どうけい　します
たねを　まくから　そくばく　します
わたしたちの　ことばは
とても　ふしぎな　みりょくで
あふれています

これから　さき
わたしは　どうなるのだろう
こんな　かんかくが
くりかえされて　きました

そして　いま
さきに　います
だけど
あのかんかくを　いだいた
そのわたしには　あえません
みに　おぼえが　のこって　いるだけ

たどりついた　わたしとは
はなせて　なく
みおくった　わたしには
ふれられない
いまを
あじわって　います

ばつが
こわくて
そうならないように　ふるまうのは
つみです

つみを
といつめて
てをあわせ　あるき　はじめないのは
ばつです

くいが
かがみ　こんで
どうして
「ああした」

いまだ
つみでなく
ばつもない

「かんじている」
　わたしに
　わきだす　ゆらぎ
　ざわつく　かおつきたち
　ひかり　はじめた　いのちが
　ほんのり　かおっています

つみを
かたれ　ますか
ばつを
ひき受け　ますか
つみを　かたるのは
わたしを　こえたものか
ばつを　さいりょうする　あなたは
ひと　として　いました

ゆるす　ということ
むくいる　ということ
もつれて　たわむれ
このばに　よじれて　いました

わたしは
とびらを　あけた　さきで
こけたり　あるき　だしたり

てつわんあとむは
ろぼっとでも
にんげんでも
きかいでも
いきものでも
いられて　います
わたしは
いまのところ
あとむと
あって　おりません

わたしは
はたらきて　でも
じんぶつ　でも
きかん　でも
どうぶつ　でも
ありえて　います
あとむは
いまだ　わたしと
あって　いないのです

うちゅうの
せいめいの　しんかに
りんりと　かがくの　おくゆきを
それから
えーあいが　せいせいする　せかいに
りょうしの　ふるまう　ふしぎを
あとむも
わたしも
たいげん　しています

むさぼる　じぶんを
おいだして　います

はたけの
ていれが　こわい

ゆうひを　あびた　ぴーまんを
じっと　みつめていたい

はたけと
よばれ　なくても
ひとびとが
したにのせる　あじの
ちがいの　うねりを　せおい
つちが
じしんの　ときを
はこんで　きました
のに　はえた
くさに　てを　かけて
ぴーまんへ
あんない　されました

うみに
しずむ
ひとの　ほねに
ふれては　いけません。

きせき　です
ほねは　いま
うみと
おはなし
しています

この　ばしょに
ふたたび
ときが　あらわれません
この　つらさも
この　よろこびも
なんとなくも
ふしぎも

としはも
いかない　こが
もうかを
つき　ぬける
ははの　さけびで
ふりむいた
「こないで　にげなさい」

ばくだんを
おとしたのは
もえるいえを
たてたのは

うでを　やく　しゃくねつが
ふかい　ふかい
しみに　なった
ひめいは
ねがいだと

きりさかれた
てと　てに
あすは　こない

やきこげた　しみは
もう
もえたり　しない

ひめいと
ひめいを　つないで
ねがいが
とけてゆく
はいつくばって
はだしの　こが
かけだした

ねがいと
いのりは　ちがう
きたる　なにかに　てを　あわせるか
ここの　すがたに　てを　あわせるか

うまれることも
ここに　いることも
ここで　はたすも
せんたくに
よるものではない

おもいつき　であれ
やけっぱち　であれ
かくりつ　であれ
せんたく　できるのは
いきさき　ではなく
ここから　はなれる　てだてだ
いきさきを　いし　しても
いきさきに　いしは　ついて　いない

むれと　つどいは　ちがう
むれに
かおたちは　かくれられるけど
つどいでは
ひとつひとつの　かおは
くっきり　している
どちらであれ
わたしが　そこにいると　きめたのだ
では　ぐんしゅうとは
かおが　でたりひっこんだり
とつじょ　ひとつの　かおいろに　なったり

わたしたちは　しっている
こえと　ことばは　ちがうことを
こえは　やくそくに　なりえて
ことばは　たねに　なりえると

このしゃしんを　みる
きおくでは　ありません
このにっきを　よむ
きおくでは　ありません
おもいでは
きおくでは　ありません
わすれないのは
きおくでは　ありません

もしかしたら
じんるいは
せいめいを　ぎんがの　そとへ
つれていける　かもしれません
もしかしたら
じんるいは
ちきゅうを　ぎんがの　そとへ
つれていける　かもしれません
もしかしたら
その　ぷらねっとでは
あたしい　せいめいが
たんじょうしないかも

おもいでは　かたれるけど
きおくは　かたれません
いまに　おこっている　のです
きおくは　はこばれ　ないでしょう
せいめいは　きおくを　こえてゆく

ふと　たずね
ふと　きいた
ばしょに　すがたを　あらわす
きおくでは　ないですか
ただいま　わすれました
きおくでは　ないですか

てあしを　のばし
となりに　ささやく
そんな
のび　ちぢみ
きおく　でしょう

あかりが　ながれず
となりに　いきたい

はたけが　いろめかず
となりに　いきたい

うばいたい　のか
わけて　ほしいのか

あの　あらそいで
なくなった　いのちに
かたり　だします

いくつかの　なじみと
いくつかの　みしらぬ　ものと
こんだん　しています

たべものを　みるのが
こわくて　うごけない
たべものを　すてると
こころが　われる

かたれた　ということ
こころは
なにも　かたっていない
きょうの
わたしの　ひととき

こきゅう　している
ひとりだけ
こころが　いない
いのちと　あえない

こくこくと　ひらめく　うみの　いろ
こくこくと　きらめく　もりの　かおり
こくこくと　いろめく　そらの　くも
こくこくと　あわだつ　わたしの　きもち

このみが
いても　いなくても
ためいきが　のびて　くる

このみが
げんきでも　なえても
くうきが　あせ　している

おちばも　あさがおも　てのしわも
つやを　たらして
こころに
ときが　いろづいて

その こは
ひがいしゃ である まえに
ひさいしゃ でした

その こは
どちらを さきに みたか
おぼえて いません

その こは
ひさいしゃ である まえに
かがいしゃの おとなと
くらして いました

その こは
ひがいしゃ である まえに
ひさいした まちに
くらして いました

この ぬま から
この はら から
「さとに かえりたい」と
うねる こえ

れいは あいに いく だけ
よくなど むだに ありません
みかけた かおいろに
えみが はえて なかったら
かなしく なるのです

その こは
はだの きずあとの うめきに
ふれて います

その こは
くさっては きえざる うみを
まなんで います

その こは
みえなくなった かおいろと
でかけた さきで あいさつ しました

かんがえる　まえに
かんじて　います

かんじる　まえに
いきして　います

いきする　まえに
ここに
でてきて　います

ゆうひが
いちょうを　なめるようにして
はを　ゆらして　います
ほどうの　わずかな　かたむきに
きづかず　よろめき　ました
こんどは　ころんで　しまうだろう
ふあんを　いだいて
ちゅうい　ぶかく
あるき　はじめ　ました

なにかに　とらわれる　まえに
かんじて　います

なにかを　かたる　まえに
すでに　おきて　います

なにかが　はじまる　まえに
そこそこで
みちくさ　しています

よるが あけはじめた まちを
そぞろに あるいて いたら
ろじうらの いつもの
ちいさな こうえんに つきました
べんちに すわろうと いそぐと
おさないこが はしってきた
ひに てらされて
ひたいを かがやかせ すわって
とわずがたりの こえが

「もったいないって」
ちょっと　ふしぎな　いいかただね
「もうしわけない　じゃないかな」
わたしが　やったこと
あんたに　はなしかけること
ちがうよね
はじまりは　おたがいに
「いらっしゃいませでしょ」
それから　おたがいに
「いただきます」でしょ
わたしは　あんたの　じぶん　じゃなくて
あんたは　わたしの　じぶん　じゃないなんて
おもしろい

けさも
いきを　はずませては
ここで　とまって　あたりを　すいこんで
そこに　いました
この　かんしょく
ひとたび　うかんで　ひとたび　しずんで
ゆるせぬ　おこない　ゆるせる　ねがい
あえなくした　じじつが
つみの　ときを　かもして　います
こんな　すがたより
おもいが　かおり　たって
かおを　しらないもの　どうしが
いきあたりばったり
おやと　この　しらべを　はなって
うちゅうの　いたずら　です

うるわしい やかたが
めの まえに たって いました
きれいに ならべられた
みこしや のうぐの すがた
ひがさした まちなみや
ひばくした ひとに いぬの はだ
いきが つまって しまいました

わたしは どうやって
ものかげや まちや はだの いきづかいを
この やかたから
つれだして とどけられる のでしょうか

「みんな きたね」
「どうしようか」
「こんにちは いろいろ あったよね」
げんかんを くぐろうとした そのとき
ふと あいさつ されて いました

そうなのです
いつも つかう やくそくごと とか
せいりされた じょうほう とか

それぞれで　とか
「きょうかんを　しめした」と
どこにも　じっかんはなくて
「おたがいさま」とか
「そうだね」とか
べつじん　なのに
いわれた　わくに　とめおかれ　ました

わたしは　ひろばと　その外に
はいっては　でて　すきまに　ふれます
あなたは
みうちであったり　やくわりであったり
べつべつの　きもちが　うまれ
げんごが　はたらき
それぞれに　もつれて
うまれた　はなれは　かわいいね

この へや には
でんきで うごく どうぐが
いっぱい じっとして います
じぶんで ここに きた のでしょうか
はこんで くれた ひとが いて
かってに そこに おいたのは
わたし です

「みんな いっちゃったよ」
「どうなるのか」
「それでは いろいろ はじめるね」
いすから たとうとした そのとき
そっと ことばが ふれて きました

きのうから きた ものが
あすに むかう ものが
いまの たいかんを かたり だせないのは
わたしが しゃべっている からです
えーあいの てつだいを かってきて
べんりに つかえるように なって
にじの むこうに いけますよ
うたわれている いまが かおなら
えーあいにも わたしにも

いきが　ふるえて

きんしを　のばすように
てくのろじーが　せいめいの　ちへいに
やって　きました
まだ　おきえぬ　ときに　あって
はじまっていて　おわり　かけています
どんなに　けいさん　しても
いたや　はこを　つくれても
からだは　そうぞう　されません
げんしにも　からだが　あるんだよ
じかんを　ちぢめたり　のばしたり
だいちに　おもわくは　にあいません

うれた　さきで　どうなるか
うまれるか　どうか
しることを　かたちに　しておりません
たねが　でて　いきました

かみなりの
おおぞらを　たたきわる　ごうおん
てんちを　つんざく　せんこう
あらなみの
だいちを　のみこむ　におうだち
ずじょうには　くもが　むれなし
かぜの　たわむれが　まきあがる
ひとの　おそれを　こえた
あらわれでは　ないのです

たいじの　うまれつつある
てまえでの　わかれのとき
さつい　よりも
しょちが　ゆうい　かもしれません
こどもの　はぐくまれつつある
いまとの　わかれのとき　しょちではなく
さついが　ゆうせんしている　のでしょうか
ひとの　よくを　こえた
じぶんの　しわざなどでは　ないのです

ひとは　つぎなる　じくうへ　わけいり
つぎなる　じくうへと　みおくり
「くりかえされている」
かのように　おもえては

そこに
にかいめの　いのちは　はえません

であいに　おどろき
こわくて　にげだせず
うつくしくて　たちつづけ
てを　あわせていたり
りょううでを　あげていたり
くらす　せかいを　どうにかしたくて
かいりつに　じぶんを　しまいこみ
おどろきを　はかいした
たしゃに　なったり
このみから　つたわるこえの　しびれを
かんじられて　いたのは
わたしです

いきものは
いきるわけでも　しぬわけでも
ないのです
「はじまりおわる」を
むかえる　からだを　そうぞう　しました
せいめいの　そんざい　げんば　でしょう
にちじょうの　じつぞん　です

あなたと　であえた　そこは
せき　ではなく
ふたりの　あいだです
おたがい
まわりの　ふうあつを　あびて
それぞれで　いられた　のです

「おこないが　どうか」というまえに
ひとりひとりで　あります
つきあいかたが　あるのです
まわりに　めいわく　なのか
いきものの　せいかつを　おびやかし
そして　どうなった　のか
はじめから

はらを　すかせ　はらい　のけたのか
ときには　もりに　すめて
あるとき　もりに　かたわくを　つくって

このまちの　あちこちでは
しごとや　しょくたくの　がぞうと
ぼこくごの　じぶんを　いれかえて
「これ　ぷろぐらむ　ですよ」と
さらに　もりつけて　います

たいようの　かがやきが
あかくなろうが　きいろであれ
だいだいから　あかむらさき　になろうと
おどろきは　なにも　かたり　はじめません
かみは　だまって
すっかり　あらわれて　いました

「これを　たべるのか」
ほっして　いたのは
からだ　じゃなくて
わたしです
「そこに　いくのか」
きめて　いたのは
からだ　じゃなくて
わたしです
そこで　さき　ここで　ちる
みつめて　いるのは　からだです
ひとひら　ひとひらの　はなびらが
わたしの　おもてに　なりました
たねに　わたしが
はえたり　しません

きこえた　こえを　かいたのは
わたしです
つたわらない　さかいを
はっきりさせたくて　かいた　のです
おりた　まくに
こえが　あわだって　きました

やまに　さばくに　えんがんに　そらに
いきかう　ものたちの　くらしが
めばえて　います
ひとおり　ひとおりの　ひだたちが
なびき　きらめき
いきづく　せかいの　なりゆきが
ひびくとき
しめいや　ふくじゅうと
からみあう　いとは　しみて　いきません
でんごんの　いろづきが
せいせいしょうめつしては　ほほえみ
ぶんしに　さいぼうに
のびちぢみする　なまなましさ
ひとつぶ　ひとつぶが　はじけ
おもいおもいの　しぐさで
おとなりさんと　おはなし　しています

さいかの　まちに
きゅうきゅうしゃや　しょうぼうしゃの
さいれんが　なりひびき
ひとびとが　なみになって　ながれだすころ
うみでは　さかなが
あそんでいる　のでしょうか

せんじょうと　なったまちに
ばくおんと　きょうかんが　りんりつし
じゅうりんされた　すきまに
よろいなき　ていこうが　ふりつもりました
そらでは　とりが
あそんでいる　のでしょうか

くらせなく　なってしまった
のばたの　こいしに　たんぽぽに　みつばち
きざまれた　ときの　きらめきに
とわが　しみて　きました
たちのぼる　せんこうを
にくしみの　たいせきぶつで　ほうそうし
うらみの　ちくざいひんで　そうしょくし
ひとつひとつの　じこくに
れきしは　はじけ　ちりぢりになって
せだいを　こえて　はてに　なりました

みんな あじわって います
このじめんから ひきはなされた はだを
みんな おもって います
りさんの じこくで そまった ちじょうを
みんな かたり だします
ぜつぼうと なった あのひかりを
みんな ひめて います
きぼうが ねがいを あざむいたと
みんな あって います
この こわさに この いとおしさに
「おかえり」と てまねきして
ここから ここに てを のばして
おたがいに 「いらっしゃい」
むねを ひらき
おたがいに 「いってきます」
りょうてを ふって
みんなで あそんで います

てのひらに
のった でぃすぷれいの がぞうたち
わたしですか あなたですか
そこに わたしら いられません

とちを おかねに かえる ふろんてぃあ
ひとを どうぐばこに しまう でぃばいす
だれもが ゆたかになれる ぺるそな
はじめから うえの しんぼる でした
ねがいが なにも ちかわず ゆびきり
ちかいが いのりを とめて ゆびきり

やまいが ときの めぐりあいを
たちますか
かかわりを とめたら
やまいと あえません
「だいじょうぶ」と いえた
わたしの じじつ
「いきがあらい」と てをかせた
あなたの じじつ
「しんじつは」
といかけ られたら
たにんの すとーりーに おさまりますか
だれもが かなしみとの おつきあいを

わすれて　いられる　しじま　です

さくの　そとに　でかける　にちじょうに
むじゅんが　あざやかに　さらされて
さくの　なかで　たたずむ　しょくたくに
どういつせいが　ぽっかり　うかんで
さくが　はみんぐ　しているのです

このかおは　はるの　ゆめに　ゆらいで
このはだは　なつの　ゆげを　かいで
このゆびは　あきの　ゆいを　つついて
このかみは　ふゆの　ゆきと　ぬくんで

ぽけっとに
はいった　でぃすぷれいの　ひょうめんに
はえている　きせつ
なにものも　そこで　くらしておりません
さつばつとした　としの　じかん
だいちの　すなと　なれたのは
わたしじゃ　ありません

「しにたい」
がんばって いきを やめなくても
ひとは ちゃんと しねます
「いきたい」
むりやり ねがいを はかなくても
ひとは しっかり いきています

ことばに したくなくて
こえの ひびきに うらぎられて
いま こきゅうが ちぢんでいます
ねがっても
いかされたり とうに しんでいたり
いきを やめても
ころされたり いたいを ほうちされたり

いろんな じじょうと であわれています
じぶんの しかばねを みなくとも
たにんの しにゆく かねを すいました
じぶんの いきざまを みなくとも
たにんの すむ はらっぱへ でかけます

しぜんの いぶきを たべて
だれかが やんでいたり
いきものたちが すこやかで あったり

もりつけられた　たべものの　あざやかさ
もとの　かたちでは　ありません
つどった　ものたちの　すがたに
しょくたくが　にぎやかに　うつって

ひとは　やまいを　なおせ　ません
けれど　あいさつを　しぐさに　します
ひとは　いのちを　にぎれ　ません
けれど　おもみを　あせにして　います
ひとは　つみを　せおえ　ません
けれど　みみを　すまして　います
ときどきの　こきゅうに
ふたたび　おきえない　えいごうが

つきは
ひる　そらに　かがやかなくても
よる　あでやかに
たいようは
よる　かおを　ださなくても
ひのでと　いりに　わらって

ことばは
いろめいたり　なえていたり
きりかぶの　もように　なれました
やがて　しょくたくに　ふっては
かおが　きらきら　うたい　だします
あじわいが　まって
どこかで　ぶきに　なれたら
はなから　うそで　いられた　のです
みんな　だまって　おどり
どこどこで
なみだが　おどけ　はじめています

ことばは
しるしを　くむゆびの　おどる　しぐさ
いろづく　かおの　しわ
うつろいは　たゆまなく
もとの　すがたに　とどまり　ません
しずりゆきが　はねました

ばつが　わたしの　のどもとより　たれ
つみが　あなたから　いろかに　ひびく
ことばが　はねては　さき

いあわせた　といきの　ゆりかごで
わたしたちは　ときを　すっています

ひやく　してゆく　うつろい
いとまに　のこした　いんえい
このいまを　こえたのです

ことばは
はっぱさんに　なれました
はだを　つたう　あせにも
やがて　はなが　わらいだし
みが　じゅくします
たねが　まって
どこかで　わなに　なれたら
はなから　どくで　いられたのです
みんな　おもたせを　ひらき
どこどこで
たいひが　かおり　はじめました

ふきさる　あめを
ちっちゃな　くちを　あけて
まちうけ　られなくて
のめなく　なったのかしら

ながれる　みずを
だいちが　むねを　ひろげて
まちつづけ　られなくて
すめなく　なったのかしら

あまみず　いってきを
せなかを　ちぢめて
まちわびて　ほし　あがったら
あたりは　ほこりで　いっぱいかしら

きりが　ぶんめいの　まつろを
あぶらが　はんえいの　どくがを
といきが　やまいの　げんきょうを
なまちが　あらそいの　りえきを
ここに　つれて　きました
あめは　ふれなく　なったの
あめに　うたえないで　います

でもね
すはだには　すいてきが
たれて　きましたよ
いまもなお

ふれたことのない　かおに
とおり　すがっても
たちどまり　ませんね
いのちから　あいさつ　されました

つちに　みつも　ちちも　あふれ
すっては　うたい　はじめたのは
いきものたち
ひとふさ　ひとふさの　しにがおも

なみは
かいぶつには　なれません
かぜは
かいぶつには　なれません
あめは
かいぶつには　なれません
わたしです

つぶれる　いえを　たてたのは
はがれる　みちを　つくったのは
こわれる　せんを　かいたのは
わたしです

がしするのも
おのれを　ひそめるのも
ふみつけたのも
わたしです

かいぶつたいじに　でかけ
かいぶつに　なりました
ふみ　つぶされて
ふたたび　こえには　なりません

おたがい ことなるのに
もんを たてたのは
かぎを しめたのは
わたしです

もんの なかに そとに
あきちが ないですか
おもい やれたら
あそびに いけるでしょう

はたけで うれた なすが
わらいこけて えだから おちそうに
わたしの せなかを
なでて くれました

いくつかの
かぎあなが　のぞく　ひろばに
おもいおもい
たどりついた　わたしたちが
はなしを　はじめています

「そうですね」と　いわれて
「そうなの」
はなしに
なりゆきが　きえました

「おつらいですね」と　いわれて
「じんときた」
のぞみが
ぽけっとに　おちました

つらいと
つたわりました
あなたは
つらく　ならないで　ください
どう　つたわったか
おしえて　くれますか
まだみぬ　けしきが
おきだし　ますね

とじた のぞみが
かおを だしますね

のぞみの なりゆきに
よりそって いるのは
わたしたち

ぜつぼうして
みずから しにました
のぞみの すべてが
うちけされた かしら
かふんが まって
あたりが
ほほえみ はじめています

さばくに たつ
かせきの もんを こえてゆく
ちょうの むれなす はおと

なぞっていたら
すうしきに　なって
しみじみして　いたら
がくふに　なりました

はっぱや　もくへんに
きざまれた　かたちが
だれもが　もちあるける
でぃすぷれいに　ひょうじされて
たいくつそうに　しています

つめこむ
ひとが　いるのでしょう
きかざる
ひとが　いるのでしょう
そこに　すがおが　うつっていたら
すてき　でしょう

こっきょうせんも
ぼくの　ことばも
もとでになる　めぐみも
わたしの
てきにも　みかたにも
もはや　なりえません

にんげんは
はなから
おくりものを
おとどけ　したいのです
おみやげの　つつみを　あける
じぶんたち　ひとりひとりを
しんじて　いるのです

あのころ
まだ　そこに
わたしは　いませんでした
そして　いま
さった　わたしと
ここで　あえないのです
おくりもの　とどいて　いますね

がめんを みて
はなしを きいて
なにかに ふれて
どうじょう したり
きょうかん したり
ついたいけんや みらーりんぐが
おこった のでしょうか
わたしは かんどうしたい のです

ちんつうも ちんせいも
くすりも ことばも
ほうべんで ふれあい でしょう
いろいろ からんで おりなして
わたしらの であいは
そのように いられて います

あなたの ひとみ
あなたの むなもと
あなたの のどがしら
ほとばしる はだあいの ひらめきは
なんと あつい ことだろう
わたしの あせも あいまって
せかいが いろとりどりに
さくれつして います

ひかりの　かおりが　そらを　およいで
「かなしいよ」
「いとしいよ」
みみを　すまし
とどいた　つぶを　こえに　だそうと
わたしは　せいいっぱい　なのです

どんなに　てを　くわえても
こぼれる　なみだは
はじける　えみは
すっぴん　です

かぜの　はなびらたちが
たどりついた　はだを　さし
あなたに　おくる　うたの　ひだに
つみの　ありのままが
あいを　かたる　せすじと
たわむれて　おります

あさひに　せであった
いえいえの　かべが
ゆうひで　てって　うるんで　います

ふるさとに　かえられない
たびが　あります
おいはらう　ものにも
おいはらわれる　ものにも

いばしょの　わからない
たびが　あります
のぞむ　ものにも
のぞみをたつ　ものにも

しせんを　あわす　だけなのに
ぜんしんを　つかっています
あのころ　ゆびさき　ひとつで
かってに　そうさ　していたのに

きかいで　つくった　かみが
まったく　おなじか　ことなるか
どこにも　こたいが　いないだけ
さいなど　こちらがわの　つごう
ふたつの　ふるまいが

そのばで　おきている　ということ

あのみせの　そばが　ぱすたが
この　おにぎりが
たべているのは　わたしで
つくっているのは　あなた
わたしたちは　じべたに　めをだし
あるき　はじめた　いきもの

おきていることを　かんじて
ことばに　してみました
そのこえを　めのまえの　あなたに
たっていられる　だいちに
おくれたら　めぐみに　なれますね
すてきだなあ

あいに
かたちが　あったり　なかったり
ここから　はえて　はばたき　はじめます

このだいちに
さいて　はばたいて
「わらしたち」が　あそぶ
うぶごえも　ひび　うつろう　なみかぜも
さいごに　すう　ひといきも
「かたりべ」の
かなでる　いろけ

著者プロフィール

さむ けい

1956年生まれ。
著書:『ひまわりの散歩』(詩集、2014年)、『わたしの診察ノートのファンタジー』(エッセイ、2023年)、『わたしは誰 ～Who I am～』(エッセイ、2023年)、すべて文芸社より刊行。

いき ～こきゅうのうた～

2024年11月15日　初版第1刷発行

著　者　さむ けい
発行者　瓜谷 綱延
発行所　株式会社文芸社
　　　　〒160-0022　東京都新宿区新宿1-10-1
　　　　　　　　電話　03-5369-3060（代表）
　　　　　　　　　　　03-5369-2299（販売）
印　刷　株式会社文芸社
製本所　株式会社MOTOMURA

©Sam K 2024 Printed in Japan
乱丁本・落丁本はお手数ですが小社販売部宛にお送りください。
送料小社負担にてお取り替えいたします。
本書の一部、あるいは全部を無断で複写・複製・転載・放映、データ配信することは、法律で認められた場合を除き、著作権の侵害となります。
ISBN978-4-286-25886-7